子実体日記

だれのすみかでもない

彦坂美喜子
hikosaka mikiko

思潮社

子実体日記

だれのすみかでもない

彦坂美喜子

思潮社

装幀　髙林昭太

目次

子実体日記

だれのすみかでもない

つれてゆきたい

つれてきてやりたいつれてゆきたいと男同士の道行きである
両手で湯のみを抱く
たぶん理由なんてないよナァ
からだがなだれてくずれていく
帰ってきて笹川へほとりへ
石と水の接触点に
解凍した魚から流れる液汁
きれいに拭いてやってください
マニキュアの剝がれた爪と長い髪どこで私をすてたのだろう
頭からハナサナギタケが生えている夜はゆっくり起きだしてきて
足のおやゆびに口をつける姿勢で

落ちていくコーヒーいろのしずく
からだは空になって
朝になればすっかり占領されて
ほら、裏返してごらんなさいナ
犬歯と臼歯の治療痕です。
左手が冷たい頭が割れそうに熱いよ剝がれ始めた壁紙
湯の滾る思いのほかをまさぐればぬるぬるとした闇がひろがる
邪悪です。残酷です。
蟬の幼虫も蛾のさなぎも取って代わられて
（おかあさんもおとうさんもいもうとも取って代わられて）
脳内に腹腔に充満する繊細な糸たち
いつもわたしを呼ぶ　やさしい声
手と足の先から冷たくなっていく固まっていく生きているのに
ひっそりと息をしている肺胞にびっしり茸が生える

夜

すっかり忘れられたものたちの心臓が鈍い音を刻んでいる
カギカッコノカギカッカッコノカギカッコノカギ
カギカッコノカギカギカッコノカギカギカギ
カギカギカギカギカギカギ
カ・ギ　ギ　ギ　ギ

頭と身体が離れてゆくの。雨の日にことばがつぶれていくように
あなたとの相姦的な関係がやぶれた朝の靴下の穴
破れた穴に指を入れてぐるぐるすると
もっと大きく破れて　取り返しがつかなくて
だんだん力が入って引っぱるところまでいっちゃう
だんだんもっとどんどん引っぱって引っぱって　いく
もうほとんど駄目になってわけのわからなくなったものを
放り出す　破れたストッキングの肌いろのゴミみたいなもの
関係を問い返しているその度にベニテングタケが増えてゆく
単純な袋詰め入れ替え作業だって　ワタシ入れ替え

私をころして私のなかに棲みわたしの顔をしているわたし
棒状の生殖体がのびてくる骸の夏のにぎやかな惨
　内からだけでなく外からも
垂直に立つ裸木にまといつく丸いヤドリギおまえのように
限りなくやさしいという冷たさを一身にうけて永久凍土
　楔を打ち込むように凍ることもある頭蓋腔内
　時間を取り戻すために
頬と頬ふれて操り人形は遠い水車の回る音聞く

壊れ始めて

「壊れ始めている身体の奥の一番薄い部分に触らないで……」
　声を欲しがっている虹色のヒカル身体が路上に溶ける
　オゾン層妄想卵巣一掃す　ウスマメホネナシサンゴ開いて
壊れている世界がある　生まれたときから
それがもう一度顔を出す
死ななかったから　あのとき
　　家の角、本の背表紙、消しゴムで消して一枚の性を失う
　消し損ねた下半身だけ歩き出し夜明けの線路に横たわる
逃避　　そう　　いまは　　逃避　　し
か　しかけている　身体を動かして　いい
〈潰れるまえに月を育てる〉と

小さいから　思い知らされる　潰れそうになる　世
界　では何ひとつ声が聞こえてこない
　骨の無いあなたをここで育てよう音と声とが響くこの家
　透明な身体の触手を開くとき君はいちばんうつくしい
首のない胴と翼のない背中を水にゆらせて
理由のない語り歌を
「私」を吐き出す朝焼けもなか
尼辻から西の京へ　無理やりに
　ハジケテルってあさがおの種カラカラと指に崩れて
明るく死んでいる野の仏
　普通よと呟く……斎場の行列に白い喪服のぼくの母たち
踏み切りの信号を赤の点滅に変えてひかりにすけるラ行は
言葉が飲み込まれていく闇
捨てられたことばが溜まっている闇
捨てられて　いくものたちの声が　飛ぶ

時としてうっとうしくて哀しくて文字が壊れる産卵してる
　カカナイデとうすら笑いの宿命を生きよと告げるカカナイデ
生まれたら直ぐに消されていく
大きな穴に埋めて
　ぎこちなく嚙み合う頭上の歯車が外れるまでを×××
落ちる　　もう動けない　　一生付き合って
手を切る　喰う　砕く　組む　ほどに
魁桜（さきがけざくら）　　春時雨と
　ぷるぷるのアロエの果肉もてあそぶ舌の感触好む　満月
忘れられない記憶の日には彼岸花と赤い風車のおはなしばかり
手を切る、砕く、組む、喰うと
ぞうりむしの接合みたいな夜でした　分裂増殖繰り返す
構造がすべてですから万能細胞人工皮膚移植単位膜
　くらげのように海を透かして浮いている
潰すまえには月を育てて

バックファイルに保存してある寂しい風景のテロリズム
　想いを吐き出してゆっくり背景にされるテロリスト
眠ってしまえば（足が痛い・尖塔・へんな顔）今日が壊れる
普通よ普通が一番よ
斎場があるのよと母さんがつぶやく
父さんの横で死体と添い寝して
（ママママママって
保存していたはずが確実にくさっている月
茶色い水になって袋からあふれだしそうな月
降ってくる菌糸と這うわたしとの約束は
潰れるまえに月を育てると
　満月を半分に裂く生まれてより軟らかな頭《ず》をいとしめば
虫を焼く臭い充満して部屋に隠しきれないヒトヨダケ

身体は途中から折れ

身体は途中から折れ交錯して絡み合うときこえをうむ
線状に伸びてゆく脚
　ゼリー状のやわらかなものふえる深夜　に
沈む赤
　やっぱり
　　ぼくは
　　　それでも
　　　　　ここに
いる
ほか
ない
と

胃が
　むかむか
してるけど
　　明るい陽の
なかに
さらに
いる
ほか
ない
　　　　と
手を舐める花鳥風月短針が早回りして老いてゆく
ひとゆれて風ゆれている宙吊りの
人のむくろのかたちのような
君の頭を胸に抱えてゆっくりと樹のてっぺんでゆれている
　せめて虫　と書いては消して陽のなかに胞子を産めば

銀の菌糸の
残酷という音にざくざくとやってくる
鮮紅色のベニテングダケ
あたたかな影に生きてる二万日影はそのまま　まだいきていて
乾燥した人の
口に
二千年後の口付けをする
雨の海浮かぶ無数の舟板にざわめき笑う声が溢れる
浮き沈むひと重なって声かさなって
軟骨質のからだを起こす
　この島に漂ってくるけはいに
オイデハヤクオイデ
濡れてずっしり重いあなたを抱えて
　　オイデハヤクオイデ
仰向けに　の　鳥　の　おびただしい

数が浮いて
オイデハヤクオイデ
幹を這い上る苔の灰緑の胞子が湿った呼吸のなかに
木から樹へ肌へ伝っていくやさしさ
じっとりと被われてゆく肌に刺す針
根の堅洲国
蕩尽する快楽かかたぶくつきの
はてしない揺れ
揺れ
今日もまた脅迫されて着地する死体のうえに降る菌糸体
赤い蕊あかいいとなど降り注ぎ真っ赤な海になる十五日
妄想が日に晒されてあせてゆく菌糸のようにふわふわとして
寒風の吹きすさぶなか突っ立って骨が凍ってゆく音を聞く
死んでから足が重たくなっていく引き摺っている昨日の夜を
オイデハヤクオイデ

白抜きの人
悲しい顔で　出て　オイデ
ハヤク
横たわる一本の管のくらやみを引き受けている女の身体
　湿った地面からやってくる声
　　オイデハヤクオイデ　ココニ
　足ふみだして
引っ掻く　絡む　咬む　絞める
骨壷の石の容器は重たくてたった一人を入れるためです
オイデ
つめたい襞のあいだをすり抜けて笑顔がさかさに降って
くる
フッテクルフッテクルフッテオンナの髪が揺れてる
絞めると　剝がす　刺す　寝る
　やうにほら

整列した影たちが緑のなかに入っていくよ
　かげたちの影法師殺めて
　　蔓延って
　　　花をつけない花という花
散らばってあなたの皮膚の上に棲む肉に糸状の足を伸ばして
陽の射さぬ葉裏に増殖するものをいとおしむとき闇が裂かれる
交わりを終えて堕ちゆく土のうえ　軟らかなゆびの感覚があり
わたくしがわたくしを産む瞬間の叫びは土のなかに響いて
千年を暗い波動にゆれながら瓦礫のような骨が透きゆく
完膚無きまでに苛む関係に虫の屍骸が寄り添っている
いつだって終りはそこによこたわり
　　　　　　はじまりはいつもまだ　だった

　　　と
ハヤクオイデ　マッテイマス　ココデ　イツマデモ　じっと
　指の先からませて舌の先からませて暮れてゆく冬が一日

冬枯れのバラ園

冬枯れのバラ園のバラのはなびらのばらばらの黄の彩に誘われ
（バラバラになっていたのは私かもしれない）
曇天の下に直ぐ立つ棘硬し葉をあわせても露なる冬
（あの三角の棘の先を）
ひらくでもなくひらきしなだれてはなびらいちまいにまいかぞえて
（はなびらがわたしをさそう）
押しのけてわたしをみてというごとくかがやいている逆さの薔薇は
（逆さにされているのはたぶんわたしだろう）
かさかさと葉擦れの音の切なくて冬が足から寄ってくる
（寒いというよりはかたいというふゆ）
なにもかも地に降らしめて冴え冴えと朝露のあとの紅の片々
（点点とただ点点と）

人差し指にふれて花弁をこぼすとき夜のしずくの乾く音する
（あんなおとをあなたはきいたことがある？）
灼熱の白ヨリフカクアイスレバハッコウシテイル身体模型
（ゆめかもしれないげんじつ）
白布一枚かけて無残に香る闇動脈静脈青く透けてる
（ほんとうはぜんぶ透けていた）
真夜中の会話を唇で塞ぐとき歯のあいだからこぼれる棘が
（こえにならないこえ、むしろおとにちかいこえ、いえ、おとお　と）
かたくなにうつむくように首折れのままに凍って壊れたという
（花首はいつも折れるの）
花首を切る男来て冬の園あやかしの赤にのみこまれたと
（男はいつもそこに来ていたのだけれど）
必ずという断わりのさくざくし半身はひと半身はヒト
（どちらも模型にすぎない）
首まわすからくり人形淫淫と（淫乱な）ばらの花弁を吐く舞台裏

掟のように……

掟のように……
ちょうどいいという声が耳に鳴る　キンコンキン
キンコンこんこんゆっくりとゆびをのばせば触れる　ねにねが
ぜったいにひかりのささぬ部分にもうまれるしろいからだの女が
みずのおとかすかに聞こえ最果ての
白のしずくに浸されてゆく
こえが
世界を浸す上気した頰に一筋血のいろが浮く
解離性同一性障害、もう一人の私がいる
　　机のうえに聖書一冊
人間失格失格失格処女懐胎の体重計れば振り切れる針

方法がなくて黙って遠回りするかえりみちの
停電電車
すわりなさい　まどからのぞく　顔がいう
告白しなさい

　　　　どろりぞろりずりずりと
　　　ずれて
顎関節をはずしてだらだら坂あるく　世界を支配した日から
死相をこえて青ざめている目を据えて
殴る蹴る引っ掻く絡む環状線
そとまわりぐるぐるまわり　して　して　してって
まとわりついて
根をつつむ　生きるためです
組織まで入り込みますいきるためです
わたしの右手ときみの左手をかさねて最後の駅まで　無言
下書きのフォルダに毎日増えてゆくメールの数のつぶれたこころ

子実体日記さらさらかなしみは胞子のようにふりそそぎ
うす紙を
剝がせばどこかひりひりと
風が
冷たい
胞子が飛んで
お願いだからそっと　しておいて、夢幻泡影
草をひきぬく
なにも求めていないと
　　いう（うそ）
　　　あなたの命を盗み出したい
ティッシュ一枚顔に
被せて息を
する吐き（スルハキ）　出す　もの　を
遮るように

（あなたをあいさなければよかった）
と千年待っておんなはおもう
かなしみはふいにちかくにやってきてあなたをさらっていく
身体ごと　なにもかも
すててひとつになりたい
とおもえば瓦礫のしたに　かさ　なる
さいげんもなく変形する身体　もてあましている原生思考
憎しみの目に囲まれて闇の中吐く息細くとぎれとぎれに
全身の皮がゆるんで垂れている
ずるりつるりするり　抜けてくフウセン人形
　だらりよろりしとしと降ってくるしぼしぼ　の
ぬぎすてられないわたしのように
中心の水を吸う鬼かき抱き
（カキイダキカキイダキキキトシテ）髪なびかせて颪にのる
颪サラサラカゼ

がカワクわ　わくわく皮脱ぎ捨てる
って
抱く突き放す踏み潰すズブリがぶりよろよろと
枝分かれする手足口　語りだす口
菌糸たちの虚勢を描いていたりして
やさしさに潜ませて時を
埋めた石のしたに
つかのま変わるキンコンキン
バラバラに記号のようなメハナクチこれがあなたと思う今日から
別離へと光をかえす刃のさむく裸身を風にまかせて立てば
歪むのは恐怖のなかの軟らかな脳髄ですか熔けたカナヅチ
肥厚する壁に閉じ込められたまま死滅してゆく成熟という
永久に閉じこもっている殻のなかわたしがわたしであるために
いくつもの顔が剝がれる分化した植物みたいなきみに寄り添う
怒りから笑える　み

たいゆがむ街にじむ街　まで
あと一息で
その夜に　守るもの捨てるもの抱き込むものを引き換えにした
共死への約束みたいな関係に共生とルビふる　はかな
菌根菌キンコンキン　キンコンキンキンキン婚痕根混懇恨の
昏睡
の
日に

夜になると

夜になると眠る植物　起きるけものの
ふたつともだきしめるのです（樹海に迷い込み
濡れている夜
被害者と加害者交互に入れ替わり成熟すれば破れるかたち
霧のなかにひとが流れているように
　線画のように生きるとき
　一本の線の影が画けない
　抱きしめていたいいのちよ
雨ばかり降る日を聖誕祭にえらぶ生体（もうつぶれてもゆるしていいよ
降水確率確かめてねる明日こそは　飛散
　　　　　　　　　　　　　所属不明の項にあるもの

ずぶぬれのはだしで走り出す　とつとつ　と　とつとつ　と
チャンネルが設定されていないからほとんどバトルゲームだ嫌だ
生き残りかけて液晶のあかるさにさらされて自分だけ
取り残されているような日々
こうして出てくる人たち（こうして死んでゆく人たち
怨念のように
小さい叫びごえあげて
呼びかけて　みる
這い上がる方法を
　　　　こえ　とぎれ　うねり　滑らかなくち
　　かたるくち
袈裟懸けの終りが
詰め込まれているふくろのくち絞めて
擬足をあなたのからだに伸ばす
刺し込めばことばはあくまだと

いう　あおあかくろしろ黴たちの饗宴に　にて
内臓に巣喰うものたちにやさしくて
距離と時間をなくして
しまう
すぐに手がのびてあなたまで手がのびて
　　　　できるなら入れ替わり
立ち替わりころげまわって変性嗜好
蛇口に胞子を流している深夜
胞子を
しずかにながしつづけて
やってくるほうしにまみれて
身体中ほうしにまみれて　みず
を
憎む
　魂を抜かれた男が悪意にみちて底意に沈んで

挑発されているひろば（おわりへと
終りへと傾く朝陽ながめつつひかりのなかに身を投げている
際限のない妄想と関係の糸たぐりよせ一束にして断ち切る夜に
衝動にかられて駆ける階段を
駆け下りてゆく菌糸たち　　の
　ぞろぞろと
　　　ぞろぞろと転がっている死者たちにより　より　添って
やさしい足を入れる征服の儀式の始まりをみる
　目　と　目　と　め　と　め
人体の皮膚の隙間に入り込む菌糸きんしが
　手を伸ばし足を伸ばして拡がって
　世界を覆う菌糸やさしも
　結露する窓の下にはじわじわと広がっていく菌糸の闇が
風を切る身を切る　尾てい骨のあたりがうずく　永眠のとき
屋上から飛べばふわりと浮くような一瞬のために飛んでみる

二度と二度と生き返らぬよう石を置く胸の上にも足の上にも
何故ここに居るのかと思うなぜここに生まれたのかなぜここで
死ぬのかと
匙のうえのパスタくるくるまるめてる臍帯まきつく記憶のなかで
魚の目に涙わく日となりぬ　どろんと水晶体が濁って
秋　か
顔半分他人であるよ　半分のわたしの顔にしるしの朱色
変形を繰り返すたび腕足耳顔指目口鼻外れて黒い塊になる
冬枯れを青の窓からみているひとと父と　煮えていて焼きつく犯意
棲み付いてあなたを殺して生き延びる存在として器官がうごく
ゆっくりと時間よ過ぎゆけ世界中水に浸され溶けてゆくまで

ギガントキプリス・アガッシィ

ギガントキプリス・アガッシィ　螢よほたる海ほたる
　その目に光のすべてを集め
曇天に濡れてる頭　吐いている　落花の赤をにじませて
はてしない孤独の速さそれからの男と女　夫と妻と
すこやかにあれと願いをかけて切るちかいのひもが首にかかれば
影さえも消して埋める火を持てば全身青光りする深夜
　あおいひかりにまといつかれて
　　さらわれて　イマヒトタビ
　ノ
アウコトモガナ
声もなく傍らに居る透けてゆく身体をもてばはかなくて

はかなかな　掌にのせている玉ひとつ
　　握りつぶして嬉々として　人
焼け落ちる太陽　昇る白い月　ひかりを失うまでを無言で
うねうねと絡まる木の根　千年の思い地上にあらわれる道
かなしみは裏返りうらがえり沸き立って布を引き裂く音になる
音・ひかり・ものなどなべて飲み込んで向うに吐き出す暗い穴
天井から六花降り　部屋中に海ほたるの残骸が降り
棒
バランス棒
亡
風
ゆれて一本の綱の上に
つかれた身体
やまもりの緑の風を食べているサラダボールの宇宙原理が
飛沫のなかに点々と虫くろい点点

夕焼けに飛び込み燃えるのでしょう
ね
緑恋う魚のなみだの生臭く何度もなんども手を洗う
降りやまぬ雨に似ている死んでいる魚の歌は脳が透けてて
しろい雲がはびこる冷蔵庫
いっぱいに黴が生え
しろいほあほあの
菌糸ふりこぼしつつ呼吸する
チルドの肉はまだ大丈夫
明日と今日のはざまを歩いている一秒の1００００分の1のいま
いま目の前にあるわたくしが
水のむ私をのみ込んで
傾いてゆく樹樹の下根こそぎの世界に見開かれたままの一つ
目が
夜の底探せばガ虫ガムシガムシガガ

ムシ虫の腹の牙
　ガツ　ガツ　ガツ　ガッ
　　　　　　　　　　牙虫ガムシガ泥を喰う
寝返りをうつたび闇が濃くなって君抱くたびに彼の死を抱く
六塵を袋詰めしてクロネコに渡す赤い満月の下
額縁をはみだしている片足が深夜にワルツを踊りはじめる
ひふが苦しいのです身体中菌糸に覆われていくデメニギス
包囲されて
びっしり占領され
　て方形の世界
　　　にじくじくと育
　つじくじく
輪郭が崩れて露出する骨の最後のことばを聞いている

透明なゼラチン質
ユメナマコのダンス、もしくは三本のジグザグの線

透明なゼラチン質のやわらかなからだをみずにあずけていきる
(わたしにさわってみてほらあなたのてがすける)
深い息すればたちまち夜になるワインレッドに染まる身体
(優雅な棘皮動物のダンスです)
闇に溶けてわたしを闇にする場所でユメナマコみたいに息をする
(夢、夢夢夢夢夢夢夢夢夢夢夢夢夢)
プランクトンの屍骸が空から降ってくる傘さしてゆく雪の道
(〜〜〜〜〜〜〜〜〜〜　水深数千メートルまで)
身体の深海にある熱水の噴出口に溺れる七夜
(三本の線に没頭していた一生と)
針金の人がざくざく集団で歩いてくるのにぶつかっていく

（なんにもしなかったいっしょうと）
死ぬときと繁殖するとき光るもの　青いひかりを放つ青い目
（沸点を超えても沸騰しないという）
熱を溜め馴れ睦ぶ水ゆっくりと性を交換しているように
（食事も排泄もしないで生きているなんて）
口のないチューブワームが揺れている私の部屋の底にある海
（身体に共生している見知らぬ家族たち）
闇に空く身体はただ三本のジグザクの線をなぞっただけだ
（背中が半分冷たくなるの、）
身体が反転するたびニンゲンの一種になっていくのです
（できれば海面を走る花になりたい）
吐く息に世界がくもる石ころがごろごろしているどこに居たって
（ここをオアシスと人は呼ぶけれど）
もっとも薄い部分が赤いオーロラにおおわれて揺れた風が凍った
（爆発しているのはひかりの布）

身体の無数の穴から熱水が噴出す最後の夜を語ろう
（青い熱いみずのなかで）
雌蕊を噛む感触が口にひろがって　下弦の白い月が沈んで
（ジグザグにゆめなまこが揺れている）

みずに触れると

スライサーで指の先を薄く削ってしまった
キャベツの千切りと一緒に
サラダの中に入っているかもしれない
誰がそれを食べるのだろうか

みずに触れると狂ったように踊りだす一本の線を体内に秘め
カマキリの腹からゆっくり這い出して
這い出してくる針金が
突き破る皮膚
くいちぎる表皮
穴という穴から外へでてくるむしだ
　ゆっくりと這い出してくる線形の口のない虫
水を求めて

三角に追いかけられて雪のなかハリガネムシが硬直してる
生殖能力奪ったあとで
別れることができるだろうかと言いながら
明日を積み上げているベッド
哀しみをかみ砕くときいっぱいのキノコの菌糸を吸いこめと
声が飛び込んできて咽喉や耳を塞がれている
(息ができない)
大切なものなど　ない　と
水蒸気が絶えず赤い口から吐き出されてる
わけもなく
くちを塞ぎたい衝動に駆られる
午後のガスの火のまえ
　　　〈そこに〉
奔放なおんな狂った蒼い馬筋肉質のキリストもいる
一人きりで死ぬのは嫌だ巻き添えがほしい最後に火をみるように

彼岸花刈り取っていく手の中にしたたる
　　し　ずく　ぬ　めぬ　めとして
　　……ぬめぬめぬめぬめ
　　　ヌメヌメヌメヌメ……
半月が半分ずれて被さって穴はゆっくり浸食されて
穴だらけの巻き巻きの家に水あふれゆっくり死んでゆく肉の色
近づいて細部を拡大するときに見失う君　虫の腹部か
悲しみはどこまで行っても触れない皮膚をゆっくり撫でている
君の唇に小指で紅をぬるしぐさ
して
死んでいる昼の月
手のひらに石の裸形をうつしゆく
愛撫している冷えてゆく日を
真っ白な光の中にあらわれる欲望は一本のハリガネムシに
水辺まで宿主誘って脱出を試みている

タダワタクシガイキノコルタメ
衰弱死する昆虫の耳の中　風の吹く音たかくひびいて
ハリガ　針がね　ハリ　ガハリ　ガリガ　リ　ガハリガ　ネガ
　　　　〈水の中におちなければ〉
一本ののたうちまわる意志として
路上に干からびてゆく虫の
　コトバを孕む
　　　　みずを求めて
轢死する線、自由に泳ぐ線、脱出する線、もぐりこむ線、産卵する線
　　　　　　　　〈水にむかって〉ぬたうつ
　　　　夕暮れを　虫とみている　影になるまで

歯の生えた舌

歯の生えた舌でなめてるなめらかな
　ひ　ひ　ひから　ひ　びび　ぐっしょり
のなみだのめ
笑い顔えがおほほえみさいごにはくずれるために
積むこやすがい
かな　かな　かなと詠嘆をかけてうみだす腐葉土の
なかにかすかにうごめく身体
もぞもぞと　蠢いているもの
ゆらゆらと揺れているもの
腐葉土の
身体に飼えば

アーバスキュラー菌根も
共生してきょうせいして　って　オス化する女性の表皮細胞のなか
傷がぽっかりくちあけていて
ゆるゆると絞めてゆくとき体内にひろがってゆく細い脚
寝ていると無数の虫が這いあがる足の先から這い上がる
かがやきは
潰れて　変身する　月下美人の青い顔
　連れ
大潮の満月の夜海に行き
体を震わせ放卵するひと
何千の粒粒粒が海水にさらわれてゆく生み終えてのち
陸に住むものたちがいっせいに移動する
　海へ　月の光に誘われる夏
その夏もこの夏もあさっての夏も
蟹の足折って

蘭の茎切ってヒッカキ　ヒッカキ
何百年　待っているだけの骨
を鋏で切っているのです　　　　ね
無尽蔵
とまとの赤あめぼつぼつのあめ
朝夕に　からみつく女の首の匂いかも
手につかむものすべてつめたくてしんでいるみたいね
　この輝くひとたちの手は
いつからか息をしなくなりました。
空気がしっとりたまってるへや
わるいのは
わたし
あなた
としりとりのようにつづけて冷たい目
だれもなにもわるくはないの　よ　かあさん

のいつもそういう　　　　　　　　悪いくち
ゆっくりと生えているのは棘でした。
部屋の隅から身体から　　　やさしいこえですね。
それがいちばんきらいです。背中がとても痛いです。
窒息する

　　まえに声がなくなって
　　斑に透けて
　　腐葉土の下　　　ごらん
だらだらとたれながしている身体の
穴から私が這い出している
身体中が目になる時間、口になる時間、うごかないおおきな石になる時間
やってくる黒い影よりおそろしい澄んだあなたの声がくるよる

執拗に愛する

百科事典もしくは1000人の骨をのみこむ穴に

執拗に愛するという目のおくにみている変体文字と蛾の群れ
青いはなが散ると薔薇のおおきなはなびらがおちる
外されてずれていくとき快感を感じるという言葉遣いは
青いはなが散ると青いはなが散ると
どれほどの深さを持てばこの穴は1000人の骨をのみこむだろう
青いはなが散ると　おちる
連結器外して軽くなりたくて荷風の下半身を切り離す
みどりに襲われている　み
襲いくるみどりの波に埋もれて窒息している花鏡
青い花がなだれると　うみがおきる
電源を切ればたちまち物になるわたし一枚フワリと落ちて

水浸しのいえ、ひと、まち、き、
　梅雨寒に君の腹部の盲腸の手術の痕をいとおしむ医師
この坂を下りていくより近い場所に
　死んじゃダメと言いつつ殺していくように純粋な目をもつ女いて
アイコンだらけの部屋の中でくもの糸をまきつけている　ヒト
　溶けていく氷の音を聞いているなによりも今いちばん寒い
真夜中にこうこうと明るい液晶の目が　みどりが
　この距離を埋めるものは何もなくホットケーキの丸キリキザム
窓から入ってきて部屋をみたしていく
　無数の点に分解されて浮遊する目玉がまとわりついてくる
目に見られている目を見ている目だらけで
　義眼です義肢です義歯ですなにもかもゆっくり百科事典のなかに
すべてが青に変わってゆく　から
　が切れたら死ぬでしょう　リチウム電池ひた走るバスふりつづく雨
床から這い出してきた胞子たちとあそぶ　フワリ

ティッシュ一枚ひっぱりだして濡れているコップを包む夕暮れのゆび
目が　フワリ　フワリ　から　だ
うそっぽいことば並べてほんとうと真顔で言えば晴天の朝
身体が散る青のからだ　がちる
どこまでも真っ青のそらと書き出して途中でやめる「あるわけがない」
ニタリが泳ぐ水はあぉ
一晩に山ほど言葉を吐き出して死んだ大蛇を埋める木の下
液晶の窓が割れてこあれてこなごあになて
カリカリと氷をかめばこの先の世界はすべて壊れているよ
まだ、ニタリは青
深海のアブラボウズはギラギラときっとかなしい顔をしている
ヨゴレは交尾する魚だからメスの尻尾を噛む
誰彼とかまわず泣いてすがりつくアブラボウズを食べたからだね
青いはなが散ると
あぶらぼうずぶらぼうずぶらぶらぼうずずぶぬれのぬれぬれの目っ

噛み付かれる青だから　目っ
　口中に螢烏賊の目が残ってる舌でころころころころがして
ニタリは交尾する魚だから
　花首をゆらすゆうぐれゆうかぜになまあたたかいけものの匂い
青だから海のみずのような膜
　ざっくりと言えばがっつりいくような人がサクッってこどもを産んだ
さかなのかたちと青いこどもが　ふやけて　溶けて
　昨日から動かない人　公園の、もう目を覚まさないゴミみたいだね
だからそっと塞ぐ。おきないようにね。フワリ
　海藻に潜って眠る海の子は背中に羽の生える夢みて
声、こえ、声声声こ　え　穴の底の無数の骨の
　ただ雲が逆さに浮かぶときにだけ呼ばれる一番ちいさいひとが

骨だけは

アインシュタインの脳は240片に切り分けられて
観察されて前頭葉にしわがたくさんあったという

骨だけはわたしのものと骨壺を
夜毎抱いて寝る　　女というは
細かい断片の脳　ふゆうして
隠されている記憶切られて
　降ってくる切片　部分　バラバラの数字だらけの
小さなビンに
　皺しわシュワしゅわひだひだにしまわれている
　　　　　　　雪の数数
埋もれているのは人体模型ではなく
人々の記憶領域　氷のへやに

逆さになって（って……）足が土から生えて（って……）いる
世界に立っているのだろうか
かぎりなくやさしい目をして死ぬ時もそんな目をして
　　　　　　　　　　　　　　　　　　みるのでしょうか

呼び合えば紅葉がざぁっと散る夜に
　　　（広口瓶に口つけている

息吹きかけて蘇生している
約束を果しに北に行く列
車
終りへとつなぐ冷たい白へ　とカスケード・シャワーみたいに
雪原に黒点ふたつ行き交う　無数の
頽れるように骨
　片片の埋められていく無数の対
さりげなく手を伸ばしゆく
感触のなまなましさを求めむとして

（人傾斜する

あらかじめ
決め
ら
れて
いる
こと
の
ごと
削ら
れ
ていく

（身体の部位

四つ折りの白紙の中に閉じ込めた命の破片が降り出して
いる

銀色の水玉がどどっと降ってくるどどっと裸木の林のうえに

なめらかな水銀がひふにふちゃくして

よみがえる女　たち　の　執や愁

冷たい菌糸たちの宴です脳内占拠肺臓増殖埋め尽くし

巣喰っている菌糸を

除菌する　ため

折りたたむ骨のおと　こくりっと折れ

飛散ヒサンひさんのつづくあしたへ

地を這って

地を這ってここに終生いきつづけ栄養生殖くりかえす子は
苔の花　はなならぬ花　無性芽の冷たい影のような増殖
根無し草　いま壁にかけられてゆらゆらゆれているわたし
身体ごと乗っ取っ
て棲みついた女たち絡まり合って
粉芽を吐いて
　口
渇く病しだいに干からびて
いく感情と貼りつく声と　　声帯に黴がはびこり声も
なく息する（するするする）たびに
菌糸が飛んで　　呆然と眺めて無言　君

とわれの二分裂こそ生殖である
大輪の火の花浴びてはなびらの痣うつくしき夏の夜
まっくらな海にこぼれて海底に沈む火の粉を掬うかなしみ
ものがたり語るゆっくりその先に赤い灯が降る闇がある
　ひっそりと（こっそりとほっそりと）
幼いころのウィルスを眠ら
せている神経の根に　蔓延っているのは菌糸
身体に巣喰う青かび胞子びっしり　息するたびに
言葉がひとつ消えてゆき（ユキミズニナル、ユキミズニナル）私が
すっかりなくなって
口閉じて能面のように
　　　　微笑んでひきつって
いる全身の肉（にくにくしにくし　にほへる妹をにくくあらば）
のしかかるやまとまほろば石棺のなかのをみなの五色の肩巾《ひれ》よ
ず

れ
て
いく心と身体にふつふつと無意識が
吹きだしてくるあさなさな
神経に添い
帯状に発疹の表れて最後の
抵抗をする
左　右　上　下
入れ替わっても　同体の
雌　雄　分　裂　はじめるふたり
聞こえない見えないことばもこえもない栄養生殖するものばかり
身体中黴に覆われゆっくりと
呼吸がとまるまでの時間
を　真四角な
部屋でひそかに増え続け腐っていくまで

閉めきっておく　なにもかも
すべて嘘です　なにもかもひっくり
かえる夕焼けの空
海竹を真っ赤に染めて数億年前の化石と　魔除けにするも
あの日から狂った時計が動きだし人をのみこみはじめた世界
ふえてゆくほかない汚染物質を北から順に積み上げてゆく
地中深く滲みこんでゆく雨ならぬいつかすべてを破壊するもの
手に負えぬ怪物を飼うドームから排泄物が垂れ流されて
怪物の飼い主すべて避暑にゆきからっぽになる首都の真夏日
地獄の釜に蓋する鬼逃げ惑う鬼悲しみの鬼鬼鬼鬼の百態図
洩れつづけ溢れるものをひた隠す　鬼百合のむかごの生殖みたいな日々だ
隠花植物になるまでここにじっといて新個体へと分かれる日まで
空気中の水分不足昨夜から仮死状態のエアープランツ

灼熱の光

うずみびのうずめうずめて

灼熱の光に焼かれて樹も人も白く乾いていく石のうえ
　（ここは永遠に暗くならない
骨までも上気している南の嵐のあとの熱湿の夜
　（あかさたなあなたいきしちに生き死にうくすつぬうふっつ
森のうえに花の火を見るいくたびも死までいってはおちてくる
　（えけせてね消してねおこそとの男をどこまでも
戦いの女神、狩猟の女神など猛くけわしき女の身体
　（ペットボトルに人間を飼うのは資源ごみだからだって
恋いこがれ焦げている石　水のない河原に山が影を吐き出す
　（人形に焼け付いた石の散々
ひとふたりのみ込んで森は森閑と絡み合う一本の木を生むという

（最後まで搾り出すのよ
眠れない二人の海は呼び交わし津波のように押し寄せる
（からの袋、空の袋から、カラノフクロから
万華鏡のなかの紙片みたいにキララカナ骨と初恋抱き合わせてる
（あのときあなたはどんな格好してたか思い出してみて
国生みの神を組み敷くペディキュアの素足にサンダルつっかけていく
（ひとりの亡霊にとりつかれているって戯言
胸に抱く土鈴のおとが闇に鳴るアメノウズメの鈿ゆれて
（うずみびのうずめうずめてかむなびの
凪の渦に産み落とされるこなごなのガラスの金魚の赤いひれ
（人間はずっと昔からすでに人間ではない
焼けたまま突っ立ている鳥居かな　おんなはいまも石をうむ
（もう眠ったら……
枯れた姫女菀一束さしだしてしずかにくちをふさげばおわる

三億の月

結合しても形にならないまま壊れじぶんにならないまま流れ
解離的自己同一性障害解離的皮膚の冷たさ剝がれる表皮
(明太子一腹裂いて　薄皮を噛む
火の花が雫れるときの冷たさを石が凍るとそのひとは言う
山頂の霧深ければ一生を閉ざして切ないまでに透く首
(産みっぱなしの浮遊卵が漂う
枯れた樹に触れればふいに音たてて巨大銀杏を水が流れる
海のなか、少女は青い眼の奥に春の雪崩を見続けている
(みずはいつも熱い
ひび割れた樹皮　千年を生き継いで女はすっかり老いてしまった
寂しさを徹底的に疲労して水道管の錆でしかない

ひとりごとみたいにガラスの梟の目が濡れている三億の月
(生んだのはあなたの子どもではない
砂を挽く音が聞こえる夜はそっとわたしの卵を水に沈める
(おもちゃ屋に売っていた
紙を裂く音が静かな夜を切るうまれてすぐに死ぬこどもたち
卵から生まれた小さなエイリアン台所の隅で干からびてゆく
(うまれたときはぶよぶよでぬるぬるだったのに
沸き起こる憎悪哀切ありったけ吸っておまえはゴミになる
もう一度おまえを水に浸したら生き返るだろう死などないから
(ヒトリコロシフタリコロシサンニンコロシテ凪ニシヨ
断念を一つ抱えて屋上の水平線に空を分けゆく
揺れている大きな凪に揺れているゆっくりビルが傾いてゆく
(それは頭から地に突き刺さったかたちで

誰かを……

誰かを……　びんぼうぐさのひとりごと
風に吹かれて撒き散らす
　種
飛んでいくはてしないおもい
ふんわりとせかいをおおって　繋がっていく
樹状突起かぎりなく延ばす神経のさきに
さわっている
細い君の手　と
繋がっている感覚がほしいから　〈恐怖〉
　パソコンの前から動けない　〈恐怖〉
食事する間もキーボード抱えて　〈恐怖〉

待っている　みえないともだちからの文字化け
すぐに返信してくれ無視しないでくれ〈恐怖〉の
　螺旋階段が下りて来る　また
はきだめぎくはキンノボタン純粋な
自分が大好きな金の釦は　輝く
ヒカリ
はきだめの湿った空気にまもられて
閉じこもっているどくきのこたち
の
つぶやきがつながってツイートシェアなかよしの
いいねいいねいいねが増える　糸状菌に
分解されて
　生ごみのあとかたもなく処理されて
つながって
　処理されて

つながって
　処理されている　生ゴミのワタクシを埋めて
穴掘って山ほどわたしを捨てている土かけて待つ
　　　　　　　　　　　　　　　土になるまで
有機体の発熱腐っていくときのぬくもりのなかに息するものら
体内に増殖していくぼくの足いつもつま先がすごく冷たい
くつくつと笑う声する桶の中さそわれている　もういいころだ
みな同じ顔を並べて死んでいる
私が死ねばあなたが死ぬ　と
ともだちは一人深夜のわるなすび有毒の実
のきいろかわゆし
百年も土中で生きる
　種
ですから棘だらけの茎であなたを傷つけていく
　どろぼうぐさの横に眠るひとたちと

だんご虫の夜の悩みを聞くみみず

いい人みたいに生きているのに疲れ果て

　食卓の悪魔のトマトに話しかける夜

暗闇で発酵している菌たちのつぶやきで壜がいっぱいになる

広口瓶を煮沸し続けテーブルに並べて夜毎びんがふえゆく

アルコール消毒塩素消毒とドアノブを拭いてまわる母たち

みえない菌が押し寄せてくるよ身体中に笑い声が張り付いてくる

よ　皺のあいだにも入り込むから全身を消毒液に浸してねむる

景色の赤に溶けた人影ざらざらの夕焼けは今日も部屋の中まで

細い毛が口に舞い込む湿っぽい夕暮れのなかに立ち尽くす女《ひと》

絡まったかずらのつるを引き下ろす痩せていく木の関係をとく

季節外れの蝶

どの音も壊れて半音上下する二月の月をすべる爪先
遥遥と七つの卵を転がして金色のおんながやってくる
（女神将男神）
パラダイスフィッシュに取り囲まれてきらびやかな殺意ふたたび
（男はいつも球形の泡を吐き続けていたけれど）
死の課題クリアしてはプールする泡と泡とをつなぎあわせて
（ロールプレイングゲームで失くしたものは私の身体だ）
検索エンジンかけてわたしを探しだす歪な部屋に砂が溜まって
（そこでは砂と私が交換されていた）
砂をひく音が聞こえる巣のなかに飛び散っている朱色の絵の具
（遠いむかしの鉄の味みたい）

季節外れの蝶追いかけてゆく果てに世界が沈む海がある
（世界より先に人が沈んでいった）
心臓の上で手を組む、反射している、光の粒子になるよ
（こうして泡のすべてが凍った）
未来への想像を禁止します。そっと首の窪みに指を入れてみる
（身体の熱は思いの外冷たい）
ひりひりとする指先の熱さから世界に湿疹が広がって
（闘魚という名前に飽きる）
泡の巣に生まれて光る魚となる戦うたびに美しくなる
（美しい神の手が幾千万のトマトを握り潰す）
完熟とまとを喰う妻の歯牙わじわじと過去から生まれる耐性菌
（すべては水槽のなかの出来事）
水槽にへばりついている無数の顔に隣の死者の顔を重ねる
（水なのか光なのか　うらがえりひるがえり）
歯車のすべてのバネが飛び出して旧式な死と同居している

ここにいるのに

キリストの血の滴りに似るという〈赤〉
　霊菌は真っ白なパンに増え続け
パンのみにて生くるに非ず
そこここに霊菌は静かにはびこっていく
良くもなく悪くもない霊がとりついて
生きているとはそういうことで
常在というあたりまえ気付かずに口の中にも君がいるとは
腸管に住まうきみにもいつの日か日の目を見る日がくるのだろうか
絆とはいわねど常にそばに居て
　　　（居て欲しいのか欲しくないのか……）
　　　　しずかに時を伺っている

ここにいることわかってほしいから赤いぬるぬるになってみる
　（ここにいるよ－ここにいるのに－ここにいる　のに）
　こすっても流しても消えない記憶みたいに
　よみがえる（私は死滅などしないただ空中に散らばっている）
　　密かに隣にいる霊が
浴室に増殖していくヌルヌルは
わたし
セラチアの生きてる徴
揮発するアルコールが好きと少女らが世界を消毒して歩く
　（真夜中の戦士は霊にエタノール散布している微笑んで）
　（霊菌と戦う戦士聖戦というとき少女の頰うつくしき）
でも、しかし、だから、どうしてもなどと理由をつけながら
　　　　　　あまねく院内感染は広がって
友達の青緑色の愛しきやし（緑膿菌ともいうけれど）
　　　　　　とりついて発育していく証にも似て

わたくしのもっとも好む弱きもの産生毒素に浸してあげる
消耗したあなたの肺の奥深く
入り込み
しずかに呼吸《いき》を止めてやる
日和見病原体と呼ばないで生々流転の原理を生きて
絶え絶えに耐えて耐性菌になる道を選ぶか消滅するか
（家訓1　ツヨイモノニハサカラワズヨワキモノニハトリツクヤウニ）
虫たちの饗宴腐った葉の下の狂気と歓喜の声をきく
凍りつく土中に蠢く一匹の虫のいのちの残りの時間
樹の幹に張り付いている菌の夜
　ひとすじの糸をたらす満月
　　ツツツーッと銀の糸ひく
よそ者のセアカゴケグモゆれている
捕虫網張り巡らせて待っている　住めば都よ　やまとまほろば
側溝の背赤後家蜘蛛　蟻を食む肉食系女子の旺盛な生

つやつやの丸い体にくっきりと赤い文様メスを誇れば
あはれやな　交尾後メスに喰われるオスの
毒を持たない短い命
稲妻に一瞬浮かぶ影となりそのまま消えてしまったきみも
下向きの向日葵が咲く野にあれば首折ればかりの物語する
やせ細る手首の薄い刃の痕に浮き出る赤い一本の線
重たくて（重たくて）もうなにもかも重たくてプラタナスの根元に蹲る
夜ばかり描いたガラス絵砕かれて夜の車道に光を弾く
いつでもどこにでもいるいなくてもいることさえもわからないオレ
猫がこわがるという道端のペットボトルの水になりたい
アッチヘイケアッチヘイケと吠えている私の中の不機嫌なやつ
大小の欲望がぶら下がっている
ほたるぶくろを切っている

変態をくりかえし

換骨奪胎かんけい系

太りゆく月みつめつつ痩せてゆく男の足は地中にのびて
（呆けていくって、せんないことやねぇ……
吸根をあなたの身体に刺し入れて枯れるまで一緒にいてあげる
（お礼いうてええのんかしら
上弦の三日月が呼ぶ抜け出して三日月の上に重なって果て
（いつからそんな数奇なことをおもいつかはったん
凍りつく二月の空の結晶は遠い記憶の形で落ちる
（昔のことばっかしはっきりしてるし
全身に棘もつ子どもは海のなか金平糖になる夢をみる
（トゲトゲのなみだがうみいろに溶けるねんで
変態をくりかえし大人になるときに捨ててしまった浮袋

（なあ〜んにもなくなってしもたなぁ
海におちた太陽びっしりと寄生虫が付着している
（そんなに汚れて、きれいにしよし
粘液に覆われている厚い皮膚剝ぎ取ってみれば骨まで透けて
（きれいやなぁ、食べたいくらいにきれいや
腑分けされた臓器と一粒のグリンピースが床に転がる
（よう出来てますなぁ、そっくりそのまま
千住骨ヶ原に住むおまえとは雌雄同体一心同体換骨奪胎関係系
（ほな三百歳くらいにならはりますの、えらいこっちゃねぇ
私の中にも私そのなかのわたしのなかにまたわたしまた
（ややこしな、もおそのくらいでええんちゃいますか
入れ替わり絡まりおまえは今何になっているのか夜明けのベッド
（これはヤドリムシによる寄生去勢ですな、お大事に。
掌のなかにバラの花弁が湧く日には世界が赤に浸されていく
（ちゃいますよ、坐骨神経に住み続けてるヘルペスウィルスのせいです

私の死までわたしの中にいてときどき顔を出す水ぶくれ
（やっかいでんなぁ、でももうすぐですわ
消えてゆく記憶の溜まる吹き溜まり脳室に水が溜まり始めて
（浮いてるのんはなんですやろ……

絶え絶えに息つぐ

絶え絶えに息つぐひとの身の内に
　　巣喰う
　　　ちいさな菌たちの
よろこびにみちた身体破壊
細胞のひとつひとつによくぼうがつまっているよ
飛び散って（はかいせよはかいせよすべてのせかいをはかいせよ）
死んだ人の声がきこえるわたくしは
いきているのか死んでいるのか
また一人またひとり梁から影がおちてきて
　影　陰　翳　陰　影ばかり
身体から息抜くように頽れて萎んでしまう

ひるのあさがお　抱いているのは
産んだ子と死んだ子の数をかぞえてる　母
すり減って捨てたいものを切り離す
母　身の内に増殖している子宮内膜
厚顔無恥の子宮内膜
いつかいつか
きっときっと　すててしまおう　つるつるの
しろい卵のような男を
土に埋めてしまいましょう
またひとつ白い卵が増えている身体
には　コバルトの光ひかって　冷たい青の
破壊する　殺戮していく　身体の隅々までを喰いつくす
喰い尽す
たった一つの細胞の青　君は
後ろからシャツを脱がせてゆく

　陽のなかに
熱が　熱　熱が
　滅亡滅亡滅亡滅亡滅亡滅亡までの　滅亡の熱
が
一夜で黒く液化する自己消化という傘の成熟
　　　　　　　　　　　ひとよたけ
　縁から溶けて中心に向かって溶けて
たらり……たら……たらた……ら……たらり
　さいごには一本の柄のみ残されて（これは）
　でくのぼう
　（これは）たったまま焼けた影
　成熟した子実体の傘　垂れて
　　　　黒い胞子をうみおとす
（これは）あなたの影　溶けてながれだすかげ
ゆがむ身体　隙間風に冷えていく声のごみだめ

いまうまれているいきものを
ての中にうまれはじめた生き物を
いとおしみつつ握りつぶすの
にぎり潰す　そんな　感じ　カンジで
陸が崩れていくような傾きの中　震えている人を抱く
一夜だけの約束は永遠に破棄されて
まっしろなシーツの上にこぼれる夜の黒い液
の
胞子になって垂れていくなまあたたかなよるにきみは
　生まれるための準備をはじめよ
　ヒトヨタケ
人を焚く煙が今日も立ちのぼる　ああ何もかも終わってしまう
人を焼く煙が今日も立ちのぼる　ああ何一つ変わりはしない

生きもののように

（こんやもママはきのうとおなじはなしをする）
三百年前も変わらずここにいて三百年後もここにいるもの
（手首が泣くと赤いカニがたくさんやってきて笑う）
抱えてる卵を吐けば夜空からしろいみるくが降ってくる
（なにもかも皮膜に覆われていく）
白子を口にはこぶ少女の眼の奥に液体窒素の溜まる空洞
（瞬間冷却瞬間解凍自由自在装置付人体）
凍結精子を解凍しているラボの外　窓から覗く無数のこども
（生きもののようにぬめぬめと濡れて）
計量スプーン一杯の精子かたむけて冷静に冷静に天秤皿は
（欲望の累積債務はヨクボウで決済できると）

ネットから手が伸び舌がのびてくる記述記号が顔になるまで
（クローン猫の販売会社は、　同じ毛並みの猫が作れなくて倒産した。）
それぞれの方向むいて笑ってる声のない声目のない視線
（累々と時間だけが積もっていく）
この明るさは今日のつづきの眠らない夜のつづきのままの今日
（アカシアの棘のなかに棲む蟻のように　いる）
湿潤な部屋に並んだ数百のベビーベッドの同じ顔の子

移動する

果てしなく広がってゆく（変形菌類）
密やかに世界制覇の（移動する）
細胞の　足
細胞
性
粘菌の野望
アメーバのようにのびてゆく体の下　捕食され
どろどろに
融けたキノコ　がな　が　れだ　す
世界中に菌をはびこらせます菌糸の世界は独立します
起ちあがり胞子をつくる子実体

日記に記すべきタマホコリカビの日
世界中まっくろくろの黒黴で染め
黒い水に浮かぶ列島

　　　（よしや世の中吉野の川　か
ナガレテ　ヤマズ　朽ちるとふ
オオオニバスの花開く前に立ち尽くす影
影のまゝ生き
影のまゝ死ぬ
という影
の拍音乱れみだれて　たまほこりかびかわゆくて
生きてゆくためのことばが一つは欲しい
（とふ）ダイコンの実の歎きをきけば
　　　影のやうに痩せ曝ひつつ　花ののち
種になりたい二股大根　ああめのなか
大黒の憤怒の顔が溶け出している日本列島

しとしとしとと　しとしとしとと
軟体動物みたいにあなたを捕食する
歯舌をのばして
削りはじめる
さりさりとキュウリを齧るかたつむり　みたい
ねきっと　ぎっしりと
舌の上には歯が生えて　あなたを歯牙にかけている
〈生きながらひとつに氷る海鼠かな〉*
さめざめと泣くからだ震わせ
内臓を肛門から出すナマコにはナマコの思い
いちもくさんに　いのちからがら
空っぽの
身体にゆっくり満ちてくる（たゆたゆ　たゆたゆ
海水よりも濃い影が
体液を吸われて占領されてゆく　私　乗っ取られてゆく

私　分裂を繰り返す
たびふえてゆくマボロシたちのポリフォニー
ひひひひひ否否否否否否否否　着信音
待ちつつ友はヒトデになった
ヒトデの腕にヒトデ泣かせが住んでいて
　日に日に弱る友のからだの
体内に寄生しているシダムシのメスの体のなかにすむオス
いるのにいないいないいないのにいる
シダムシの小さなオスの熱のつめたさ
関係のない関係を続けてる擬足のような手をのばしあう
　　　世界はすでに終わっています
含み笑いが響いています

＊は、芭蕉の句

木霊するこえ

腐りかけのいちじくの実の粒粒のなかに潜んでいる
虫の息　などかくも
絶え絶えにして薄ら笑いの能面の
女《ひと》
氷る
夜のしじまに木霊するこえ亡き子らのハイアンハイアン
肺に降る
灰が降る
シャワーのようにふりそそぐこえ
へばりつく灰
適当に湿って空気も出入りして

生温かくて　蔓延っていく
　　ウィルス
　　　ではなく黴ですから
どこにでもいつでもあなたの傍にいて吸い込まれていく
共存共栄いたしましょうか

こどもたち
　（かわいいこどもわたしのこども肺のすべてを占有しなさい
いつの間にか肺全体を棲家にし
子孫繁栄しております
風船のように胸膨らませ　弾けてしまう肺胞無数
高等菌類の別れはかなしＤＮＡ半減していく
わたしたち
　（は、すべからく胸中にふかくしずかに潜行します
この男の肺胞に固執して生きている
　　　マグマ溜まりのような身の内

隔壁の孔をとおって出入りする薬玉黴のこどものように
をっをっをっをっ
　　　　をっをっをっ　て、
　　　怒りとかなしみがぶつかっている気胸
肺胞の小さな袋が萎む夜冬虫夏草がめざめてる
このうえもなく酸欠の関係はふかくなりゆく
胸を合わせて
　せてせて　セテセテ　せてセテ
と　　時計の針の逆さにささり　さり
ゆくゆくは抜け出すだろう肺胞のなかの黴たちのゆるい占領
にんげんは残虐ですねぇ
ぼくたちはむだなことなどなにもしない
　　　　　のに
ノニル・フェノールにたっぷり浸って巻貝のすべてが雌雄同体になる
男が女おんながおとこ男と女の入れ子のようなあなたとわたし

ですが　が

　　　がが　反転するいくたびも

　　　　消失している境界線が

　　不完全世代の擬似有性生殖に突然変異のようなわたしも

シャーレの家に増殖してゆく子供たち放心したまま

あふれはじめる　炎暑の夏に

底無しの真っ黒な穴ぽっかりと生まれて誤解曲解の渦

ゼロの地点の腐生菌

一生チャージできないままの

肺いっぱいのかなしみ　は

不完全菌と仮の宿りの鳥の空音か

今宵　また　怪文が回されてこの肺胞からでられない

　　まま

発芽して

ふわふわと胞子飛び散り発芽して
　　黴が
　　　　　　　　　世界を覆っていく日
密やかな
接合の後の子実体　どこにも
　　　　だれにもみられないまま
　　　　ままは何世代にもわたって
　　　　同じ人間を
　　　　培養している　家の　くらやみ
黴を喰う人間と人間を喰う黴と絶滅競う　性癖
　　　　　　　　　にして　見せかけの完全世代

舌苔のなかに潜んで生きているママ
深夜目を覚ませばもう長くないよと声が聞こえ来る
生まれたときから聞いている　声
　　声声　声声声
　　に腐っていく果実
腐った果実を右手に高くかかげている女神たちの輪唱
　　輪唱に砂漠の砂を捲き上げる大きな機影が落下する
百年後の北極で
ヒトラーとスターリンが握手する夜
大衆の狂気を醗るバクテリアたち
知らなかったといいながら不完全世代が
ゆるやかにゆるやかにろーぷのようにゆるやかに
　　死までのカーブ曲がり切る
　　ゆっくりと
速度を落とす逆さまに声を失う人々の群れ　て　群て

ゆるやかに
夜毎夜毎
痛み始める傷の無い人体模型の右半分が
　ぽきぽきと骨　折れて　骨　散らばって　る部屋に
閉じ込められて
僕たちの歓喜の歌が今夜も響く
天井のシミが変態
　　　　繰り返す部屋に共生関係の人　と
　　　　　　　　　　　　　　無性生殖くりかえす菌
不完全世代だけ目に見えて　カビ
憎しみを拾い集めて膨らむ身体をもて余す　門
　　　　　　　　　　　　のまえ
鳩に餌をまく門番と
書記官の机に白紙が山積みされて
起きあがる影

老婆たちの笑い声などひきずっていて
いきてあることのなどかくもかくもかくも　や　や　や
や　の詠嘆はながき息吹き　不完全世代というも
　　　　動物の毛を好み寄り添い摂取して　生きる
ケラチンときみとわたし　と
　かくも長き不在の五十年過ぎ　生まれ続ける
ねじれた棒状の子はみずのなか透明なコロニーに育まれいて
水に手を差し入れてみる春の神経
ひろがって濁りはじめる
骨の無い魚がほそく微笑んで背びれを探している日曜日
外へ外へ出芽する足　分類不可能の印押して保管する（そして）
すべてに塩素系漂白剤をふりかける徹底的に消すために

ひなたのみずのなかの

ペットボトルに閉じ込めているひるひるひなかひなたのみずのなかの

水徽

ゆらゆらと揺れている　ぐらぐらと揺れている
内耳のみずの音を聞くよる
　押し寄せる欲望マグマ噴き上がる
白い蒸気のなかの顔顔　（顔　が）
　　　　　　終りの話をはじめる夜に
天井から滴り落ちるみずたま模様
　ひろがって（しみこんで
床はまっかな海になり遺体に生える白い綿毛が
　みずにゆれ　て

もやもやとゆれ　ゆれ　不完全な偽菌にもあるワタシ
わたくしのこえを誰かが聞いている
まっくろな卵がふたつ立っている
相対的雌雄性もつきみとわれ、きょうは雌性にふるまうきみと
球形の配偶細胞ぎっしりとガラスの壷のなかにしあれば
段階的雌雄性など示されて
見ているカビの交配シャーレ

ゆううつなありふれた日々
鏬割れて
コロニーはカビに占領されて　うつくしく老いてゆく
日々
コロニーの家族の自家不和合性
露出する
シャープペン一本の重さ　転がして
脱殻みたいなシャツが濡れてる

仮死状態のままみずのなかのワタクシの
　のの
蟷螂のようなさびしさ
声を声を声を　と　声が　聴きたいミズカビの卵菌の声
　遊走子
壁が壊れかけていますす警報が鳴ります　深夜
片隅の造精器
極点の生卵器
みずのなかのダンスのような生殖の秘話
虫の息に空気が凍る
ひょろひょろと延びる二本の線も凍って
この部屋に取り残されて待つのみの白い時間にいきているひと
この世のことは無言のままで……死んだ魚の目は濁り
　ただ待っている　卒塔婆小町の百夜通いにも似て水黴の
とりつくために弱るのを待つ

待ち続け
あなたを分解して吸収して生きる
ぼろぼろと
人影崩れてぼろぼろと時間が過ぎて
はがれゆくもの
押しよせる　波にまかせて漂って
葬列の後についてゆく子ら消えてゆく
灰色のそらには黄色の花粉がはりついてみだりがわしき
土石流の
なかにある足ぬけなくてうずもれてゆく秒針の音
消えてゆく
ゆれゆれて　とじこめた嘘八百個とりどりの色が弾ける
黒い卵も

白いバクテリア

シャンデリアの舞踏会場

岩肌をつたう熱湯地の底の声聞くようにぽっかりと穴
（舞踏会の招待状が届く）
夜の深みに呼ばれていけば洞窟のなかの火を噴く山を見る
（踊るのはひ　ひ　ひ　ひ　ひ……）
地の底に光るむかでが蠢く日、原核生物の大集団がやってくる
（毒ガスを栄養分にして育つものたちがいて）
白い結晶の部屋キラキラとおどる白骨とバクテリア
（天井から垂れ下がるのは白いバクテリアの紐）
にごりみず白く濁ってさらさらと地底に流れる毒の水
（退化しているのか成長しているのか見えない目がいくつも浮いている）
目のないものが育つ世界に透きとおる池がぽっかり浮かぶ部屋

（もう死んでもいいとおもうのですが）
世界中で一番美しい洞窟にふたりひっそりひそむ明日に
（無数の手首がわたしを誘う）
息することも忘れておどる舞踏会虫の潰れる音がひびいて
（そのたびに地底と身体が反転する）
足の下に踏みつけているフナムシの足がはらはら散らばって
（快感快感快感快感快感嫌悪嫌悪嫌悪嫌悪オーッ嘔吐）
口の中をフナムシでいっぱいにして最も愛する人へ接吻
（死者に告げる「横腹に散弾が食い込んでいる」と）
島じゅうに開いた窪みが伸縮しのみ込んでいく光と熱と
（白い紐が揺れている）
踊っているのか逃げているのかゆらゆらと抱擁の後の酩酊船
（紐がじゅずつなぎのひとだったとしても）
舟に乗るきみの腹から幼体が逃げ出す散り散りばらばらと
（幼体の顔はそっくりあなたただ）

砂の影まで焼ける地の底に原核生物の死体が海まで続く
（白い部屋はだんだん透き通って最後に消滅する）
硫化水素が静かに覆う舞踏会ただ一色の白を恋う
（円舞曲がはじまった）

胞子を飛ばす

幾度の夏いくたびの変成をくりかえし膨れゆく
ミドリドロドロ
　　濃緑の木下闇には底なしの深い沼など
　　隠されていて
　象徴
という不可思議な存在を当たらずさわらず奉る
　酷　足のない人
やまとまほろばいにしえの
イニシエーション　弟と水槽に閉じ込められたジュゴン
やさしさは見ないこと話さないこと息しないこと
水性哺乳類みたいな生き方をして

わたくしはいきているのに……
見開いたままの目に空　朽ちてゆくひとの目に　旗
炎天下　影絵の影にとじこめた
　見捨てたみたいな基地の島
　　　　　　砂浜の砂の骨の白さと
言葉なく
逝きし人の砂踏む音を　聞く朝　誰
　　　　　　　　　　　　　　　　だれ　誰か
足裏にはりついてくる薄い膜
　　　　　過ぎ越しの夜の海の臭いも
するするとするするするとするすると
　　　紐のびてゆき真っ青なうみに浮かんでいる
　　　せんご　あちこちに移動するたび
　　　まき散らす胞子を運ぶオスプレイ
きょうもどこかでだれかが死んでいて

私の兄も混じっているか
波の音にヒカリ砕けてゆれている水葬みたいな夜の部屋
朽ちてゆく身体寂しどのへやも
行方不明の一人一人と一人と一人
空っぽの胸に充満する煙、窒息している螢いっぴき
なにくわぬ顔して球の口開く毛嚢菌の子実体
きみもわたしも不完全菌
老人の増えゆく町の針葉樹
正しい類縁関係は不明にて
クロチャワンタケが一斉に胞子を飛ばす
ニセクロチャワンタケも一斉に　胞子を飛ばす
身体からすべての力がぬけていき萎んでしまう小さな袋
閉じられた口、球形の袋には無数の目玉がうごめいている
無性生殖ばかりのわれら
何世代も同じ菌糸体を養い育てています。が、

だろだってにだなならと毎日変態くりかえし
　くりかえし高等菌類ゆめ見る明日
まだなにも終わっていない終わらないままに
波紋が広がってゆく木下闇にはいつだって
動物の毛を好むもの
寄生するもの
分解するもの
侵すもの
遺骸に取りついて生きるものたちの
ポリフォニーがこだまする杜
　だれのすみかでもない膜を破って

食い尽くし

きみの体液を吸い取って生きる
わたしたち　深く寄り添い生きるしあわせ
寒がり暑がりガリガリのやせ細っている恋人の
よる
（過去）に支配されていて
　　　　　　　　　痩せ細る記憶と透けていく身体
痩せ細る記憶領域身体に居残っているウィルスだけが
酸素が必要です燃えるために
　　　　燃やすために
　　　延焼していくあなたの過去に
火事が好き熱されてうまれる子実体　ホモタリズムの性をいき

生きた根に侵入していくツチクラゲ針葉樹の若き細胞の中
　　ねじまげる曲がり具合を確かめるって言ったよね。
　　その木の根
何が起きても不思議ではない（フシギデハナイ
　　吃音のように欲望はかぎりなく
と、開き直って終りまで行く人と、一転して袋に入ってしまう
　　人と、
　　侵入して体内を移動して体液を吸うわれら一族
　　枯れていく身体のなかで増殖を繰り返しているわれら一族
中心まで青変菌を食い尽くし（食い尽くし　クイツクシ　くいつくし
　　倒れる間際に出ていく虫の
　　足あとを追い
枯れつくす世界にただ一匹の虫を見つける
放射能１０００回照射に耐えられるわたしの身体を欲しがる人は
どんなに乾燥していても十年死なないクマムシだから

圧倒的多数の雌にとりまかれ
私もあなたもわたくしを生む
最強の虫ゆえいつか宇宙へと飛びたつことを夢見るこども
死んでいるようにみえるが（ホントウハ）生きていて（ホントウハ）
無代謝のまま眠っている
見せかけ－の－だけ－で　生きてる虫の死もあり
越えられないものいくつも手に余るもの
いくつもあって
手の影をじっとみている
碧い勾玉
勾玉にとじこめられてきんいろの魚の骨の形のひとが
深海にひっそりとすむ透明な魚はからだの骨をさらして
世界一醜い動物やわらかな肉たるませておよぐ魚だと
ほんとうは醜い魚ではなくてふつうの魚だと　おもうお魚
陸にあがると皮膚がゼラチン質になる

運命をただうけいれるぼく
　たぷたぷと水
　　　　　　　に浮かんで流れる子
　　　　　　きかせてあげよう
　　聖なる夜の虫食う譚を
腰骨のあたりにすんでいた虫の家族はあした引っ越すという
本箱の隙間に入りそのままで息をひきとる虫になる
銀白色の紙魚がびっしり干からびて本のなかから落ちてくる
仮定形をかんがえているゆうまぐれ海馬は徐々に委縮してゆく

私でなくなる

海深く目のない大きないきものが反芻している列島の闇
海底をゆっくり歩く人人の行列に降る夕陽の破片
　ハヘンハヘン　ハヘン
　　　ハヘン　ハヘン
　　ハヘン　ハヘン　ガ　渦にまきこまれゆく
　　　　おとりの虫に
なる　水のなか　衰えていく意識のなかで
　　　夢を見る極彩色の身体機械
透明な樹脂のからだが浮き沈む
夕日の色を黒に塗る子の
あいつの性格×××だからと男子生徒等の円陣の中心

に　底抜けの穴
手を離したら逆さに落ちるコナゴナノガラスノ
ハヘン　ノヨウニ砕けて
この国の鬼門に一人また一人集まってくる亡霊たちが
どこか間違っているこの部屋のすべてが呼吸している気配
この部屋に棲みついている妖怪に取りついている

人間と蠅

部屋の角にじっとしている埃にも共生しているものがいて
世界の善人リスト100人にチョウチンホコリとラビリンチュラを
カピカピに乾燥している肌にふれ、
壊れる人間　ひとりひとりが、明日から
私でなくなる
私がなくなる
いなくなる
われという朽木をほぐせいつの間にか慣れてしまった腐生生活

きみとわれと接合し続け果てしなく複製を生む
　アメーバのように
水中を泳いであなたのもとにゆく遊走子の鞭毛のような
　　愛だと
　　　切り株を覆う黄色い変形体きのうのわたしとそっくりだ
大型のアメーバ状生物になり君の体表を覆いつくして
　　　切り株に入って眠る
目覚めれば世界が核の
　　　　　　露にぬれつつ
暗号を解くように絆をほどくときクビナガホコリが
　　　　　　　　　　　　固まっていく
こころ当たりなどありません　なぜそこに丸い頭が揺れているのか
脳のなかに胞子がふえる
雨の日は巨大な変形体が　動き出す
テキドナシツドヲカクホセヨ　カクホセヨ　カクホセヨ　カク

ホ……　…　…　…　・
真夜中になると泣きだすロボットキュリオ
知的生命吹き込まれゆく　カク　　ホ……　…　…　…　・
　砂浜に転がっている
　　バラバラの
手と足と顔と胴体と　干からびているくしくらげ
海中に
　　　　雌雄の胞子が泳ぎだす真夏の水のなかの饗宴
　　　　　涼風が吹くころ海は受精して月の卵が育ち始める

空のあやかし

もう何も思い出さない雨の日の水に沈んだ黄色の自転車
後輪が泥から出ている濁った川に夕陽がおちて時間が消えた
しっぽの先の蠅は追えない
傷つけて　殺して　人は生きている
　壁という壁から茸が
　生えてくる部屋を虹色に
　塗りつぶす
「綺語ならぬ言葉はありや」　空洞を埋めることばを探し続けて
物語する欲望がキラキラし夢見る人の真昼あやうし
エイエンと呪文のようにつぶやいて帰らない人帰れない人
黄泉にも泉ありとしきけば井戸の水湧きだすころの月を見上げる

「魔訶」
と
つぶやく
竜巻注意報の
空のあやかし
ナナフシの擬態のように生きていて自分がここに在るということ
異様なものはただ身をひそめるしかすべなくて息を殺して隠蔽擬態
どこまでも擬きを通す完璧に枯葉の地面にばらまく卵
飛べない子の防衛手段の自切行為　切り離された足が一本
真夜中にハイビスカス
の
葉を噛む音が聞こえる
生きているもの
問ばかり吐き出されている大脳皮質に押しつぶされて
コピー紙のやま

シナプスは切断されて　つながりを
失く
し
た
こ
とばが
浮遊する
かなしみはざわざわとしていつまでも君のそばからはなれない
自分より大きなものを捕まえて消化液を注入しているたがめみたいに
どろどろに溶けた体を吸い尽くし骨と皮だけ残して終う
あなたの横で棲み始めてから蛙一匹雌のたがめに餌をやる日々
関係図
描き加えること
多すぎて
複雑怪奇な絹の繫がり

すでにすべてがおわっています
誰にも知られず静かに死んでいくひと
　あなたは誰か
も
わからないまま　　　　菌糸のように地におちて
きょうもどこかでだれかが死んで
いる　破壊された欲望は
　三角を
　　　ほぐして卵
　　　　を　ば　らまいた春　の　道ばた
真夏日は水が逃げてく人が逃げてく地滑りにのまれて村が一つ消え
　空っぽの人形が樹にへばりついている　泥のなかの　無数の声
むらさきいろの小さい蝶が湧いている木下闇には茸が生えて

あとがき

　何かを分類し体系づけようとするときに、いつもその枠組みから外れるものたちがあります。それは異質な魅力を持っています。「子実体」は、菌類の生殖体で、胞子を生ずる器官。菌糸は分裂し、飛散し、ランダムにアトランダムに拡散増殖し生成を続けます。

　詩とか歌とかも一度その枠組みを外してみたい。春日井建のもとで短歌の世界に関わり、詩も書いてきた私にとって、言葉の表現はジャンルを超えて自由な世界を持っていると思われました。春日井建は、詩を書き、短歌を書き、演劇の台本も書いた自由な表現者でした。彼の短歌のなかには、七七七五という都都逸のリズムを取り入れた作品や、口説節のリズム七七七七を短歌の連作の前後に使用した作品もあります。五七五七七の定型と思われている短歌ですが、初句四音や七音、結句の欠落も古典和歌の時代からあります。和歌の時代には、五七調を反復した長歌という形式もありましたが、最初は五音、七音になりきらないものもあったといいます。

　五句三十一音だけが短歌ではない、という自由な発想を敷衍して、型を少し崩せば表現は詩にも歌にもなります。

　日本語で詩を書くということは、膠着語や等時拍音形式、母音律、漢字・ひらがな・カタカナ表記など、日本語の特性に作用されます。定型音数律表現も口語自由詩もその日本語の特性の上に成立しています。文節の不適切な切断、屈折した詞と辞の連携、文法の破壊が行われていても、日本語の持つ特性から解き放たれることは無いと思われます。そこにもし日本語のリズムがあるとすればどのような表情を表すのだろうか、そんな問いから子実体日記は始まりました。

『萬葉集』以来の和歌や短歌定型も俳句定型も、近代以降の口語自由詩も、いわば日本語の表現が培ってきた遺産といえます。ジャンルの枠組みを外し、その表現の遺産の使い方でもっと広い世界を獲得できるのではないでしょうか。この作品群は、私の既存の詩形への挑戦です。

これらの作品がどのように読まれるのか、どのジャンルに分類されるのか、拡散増殖し生成し続ける子実体のように、歌も詩も私にとって尽きない問いの形式であることに変りはありません。

栞を書いてくださいました、倉橋健一氏、北川透氏、装幀をしていただいた髙林昭太氏に感謝申し上げます。また、この本をまとめてくださいました思潮社編集長、髙木真史氏にこころよりお礼申し上げます。

二〇一八年十二月三日　彦坂美喜子

「イリプスIInd」1号～23号（3号～22号は「子実体日記」と題して連載）、「驟雨」6号～10号、「Rose of Fukuyama」2号に発表した短歌作品に手を入れて題名を新しく付し、『子実体日記』として再構成した。

子《し》実《じつ》体《たい》日《にっ》記《き》　だれのすみかでもない

著者
彦坂《ひこさか》美《み》喜《き》子《こ》

発行者
小田久郎

発行所
株式会社思潮社

〒一六二―〇八四二　東京都新宿区市谷砂土原町三―十五
電話〇三（三二六七）八一五三（営業）・八一四一（編集）
FAX〇三（三二六七）八一四二

印刷所
三報社印刷株式会社

製本所
小高製本工業株式会社

発行日
二〇一九年二月二十五日